「恋」
北川悦吏子

装幀　挿画／谷口広樹

「恋」

北川悦吏子

"koi" eriko kitagawa

じゃあ　と言われるのがこわくて
自分から　じゃあと言って電話を切った

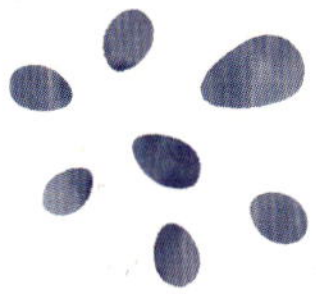

声が聞きたい　声が聞きたい　声が聞きたい

今、あなたの名前を
口に出したら
好きになっちゃうと思った

11|10

君とＫｉｓｓすることを想像してみる。
しあわせかもしれない……。

あなたからの電話がうれしくて（留守電に入った電話）
折り返し電話できないでいた。

もったいなくて
後生大事にしたくて
一体、何だろうと
いつまでも楽しい空想をしていたくて
電話できないでいた。

ほら、一回、自分から電話する権利を
手に入れたわけだし

と言っているあいだに、外は朝。

ずっと、好きっていう言葉に、辿りつかないようにしてた。
そういうんじゃないって、思おうとして。
違うって、言い聞かせた。
でも、ホントは
私、あなたとケンカしたかった。
ケンカして、泣いて、抱きしめてもらいたかった。
その手に触れたかった。
キスしたかった。

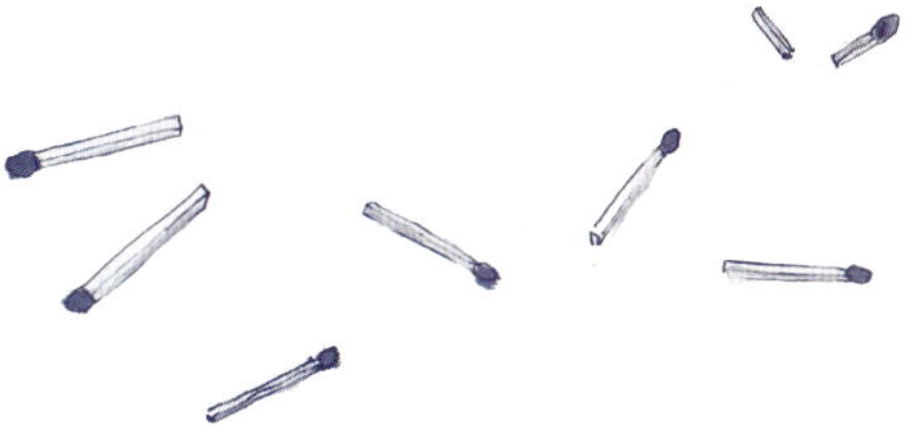

「元気ないね」
と電話で言われて
初めて　元気ないことを知る

素直に喜べばいいのに。
先回りして悲しんでいる。
もうあきらめている。

あなたからの電話

うれしいはずの、
あなたからの電話は
ちょうど風邪をひいていて、
せき込みながら、

かわいい女の子になろうとしていたのに、
間ができるのがこわくて、
機関銃のように、しゃべってしまった。
これでは、まるで、オバサンだよ。

君と別れて帰って来たら
帰り道、涙が出るほど淋しかったので
僕は、君を好きなんだろう、と
初めて思った

私が私の好きな人と　いくつかのエピソードを
重ねて　恋に落ちるのが　一番好き。

たわいないおしゃべりの中で
届くこころと　触れ合う心

臆病な私たちは
楽しかったね　楽しかったね
と確認しながらやっていく。

会った後で　メールを送ったりとか。

好きだと言われない　恋を楽しんでいた

♪だんだんと傾いてく
気持ちはまだ　恋の前～♪
とラジオは歌ってるけど
私の気持ちはもう恋を過ぎた。
突入するだけだ

水曜の昼下がりに
昔の日記帳を開いて、
5年前の心を散歩する。

迷宮入りする私たちの恋

どこにでもある恋と
いっしょにするなら
私は　この恋から手を引く

赤いポストにハガキを入れる君が
とてつもなく　愛しく思えたので
ボクは君にメロメロなんだな、とあらためて思った。

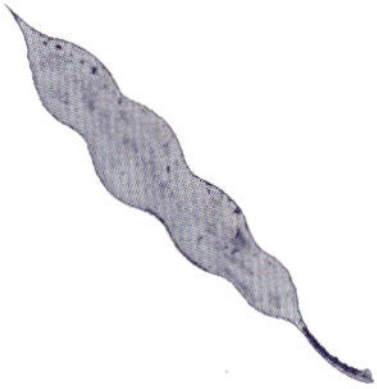

悲しい約束

守られるはずのない約束について考えてみる。
あなたが困っているのか
喜んでいるのか
よくわからなかった。
あなたの気持ちがよくわからなかった
私を傷つけないように　やさしくしているのか
本当にどうしてもやさしくしたいのか
よくわからなかった。

何かあったの?ってどういうこと?

私は　おめでたいの？
私は　悲観的なの？
あなたをなくす予感
あなたを感じる予感

あなたを求める予感

一日千秋の思いで待つ電話
せめて　声だけ聞かせてほしい
あなたの心が　読めなくても
声だけ　聞かせてほしいと思う。

心が落ちていく夜
谷底まで落ちていく夜

会いたくて　淋しい
あなたに　会いたくて淋しい
会えなくて淋しいではなく。

あなたのいろんな顔を思い出したいから
もっとあなたといろんなことを（Hなこととか）したいと思う。

時々　君が笑う。
君が笑ってくれるなら
いくらだって　面白いことを
考えようと思った。

あなたの電話を待っていたら
暮れてゆく夕暮れに
ひとりでお母さんを待っている
3つの　女の子のような　気持ちになった

せつなくて　悲しくて
ひとりぽっちで
立っていた。

怒っちゃった君

怒っちゃった君を前に、僕は途方に暮れる。
間、60センチが、100キロにも感じる。
怒る前までは、ホントに仲良くて
君を怒らせることもできたのに、
君はもう、カタンとシャッターを降ろして、くるりと
向こうを向いて、その背中は、
別にあなたなんかいなくても世の中は楽しいことでいっぱい。

別にあなたが助けてくれなくても、私はキングコングのボディーガードもいるし、
7人の誠実な小人もいるわ、と言っているようだった
ぼくは、あわてて、猫なで声を出してみたけれど、
怒っちゃった君は、わざとらしい猫なで声に、よけい怒っちゃうのだった。
ボクは今までの悪口をみんなてっかいするから、君も怒ったことを、
てっかいしてほしいと、思うのだった。
ボクが悪い。ごめんなさい。

あなたの電話の声が
やさしく私を抱きしめていった。

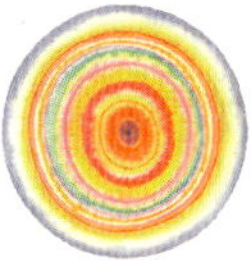

どこまでも飛べる翼を
あなたに　もらう。

ときどき悲しい。

いろんな人に
きれいと言われたので　あなたの前で
いい気になって　ツンツンして見せた

あなたが私の心を持っていってしまった

あなたがもっていってしまった私の心
あなたに半分　持っていかれた私の心
あなたは　たまにそれを　宙に投げて遊んでいる

あなたといて
あなたとこんなことがあって
「よくあること?」って私が言うと
「よくあるわけないじゃん、こんなの」と
あなたが言い　うれしい。

世間が（世界じゅうが）どう言ったって、
あなたがかわいいと言ってくれれば、
こっちのもの

だれにも言わない素敵なことがある。
思い出すとうれしいこと。
でも、だれにも言わない。

今までぜんぜん知らない……

今までぜんぜん知らない
君と僕が出逢って
恋に落ちるわけでもなく
結婚するでもなく
ともだちになった。
それはそれで、なんてステキなことだろう、と僕は思うわけさ。

電話なんかして
ああ、私　彼女みたいだ　と思った

ずっと、私が一番近いと思ってた

そりゃ、あなたは、好きな女の子がいるけどさ
でも、私はあなたの打ち明け話を一番、聞いていたし
どんどん、タメ口きいてたし
何でも言えたし、何でも聞けたし
言いたい放題、気なんか使わなくて
居心地満点、ああいったら、こう言うの、スプラッシュマウンテンばりの
楽しいふたりだと思っていたのにさ。
電話であなたが、あの子を呼ぶ時の気安さと言ったら、私に対する時の、

5倍の気安さだったんだ。
なんだ。そうだったのか。
気がつかなかったけど、私、
気を使われていたんだ。
私、ひとりでカン違いしてただけなんだ。

もっと、あなたにぞんざいにあつかわれたいよ。

「ねぇ
私たち
何か　もらったり
あげたり　してないね」

仕方ないでしょ。
まあ　こういう関係なわけだから。

「あったら困るくせに」

……。どうしても
言い返さないと
気がすまないですね
あなた。

そういうこと言ってると　恋に落ちますよ。

時々　冷たい

全般的にやさしいのに　時々　冷たい
その冷たさが　私をとらえて離さない

ずるいよ　ずるい
いつまでここにいられるんだろう。

「君をなくしていく予感」

今月に入ってから、君の電話の声は、少しシャープ(♯)した。
ボクに気を使っている証拠だよ。
間の空き方も、少し変わって来た。
君は、もう、ぼくのすき間に入り込んで来て、
ぼくの心をいやそうとも、笑顔で埋めようとも
してくれなくなった。
つめが、息できなくなるみたいで、いやなの、
とやめていたマニュキアを(薄くてきれいな)、ぼくは見つけた。

手に取るようにわかっていた君の心も
手に取るようにわかられていたぼくの心も
今は、もう、わからない。
君をなくしていく予感。

もう　あなたの言葉に
傷つかなくなってしまった。
もう　あなたの笑顔に
ときめかなくなってしまった。

言ったそばからわかる　ウソの愛の言葉

せつないと言うよりは　心は重い
せつないと言うよりは　重く苦しい心
こんなの恋じゃない

ずっとこんな悲しいままで終わってしまうのいやだ。

あなたの車を　下りる瞬間の……

たったささやかな
5月2日の
20秒の恋。

「苦しい気持ち」

君に届かない　苦しい気持ち
君に受け入れられない　苦しい気持ち

神様のいじわる
神様のいじわるに　うち勝つ強い気持ちを
持ちたい。

あなたを思う気持ちは
どうしたって　何にも負けない。
こらえてこらえて　このまま　自分の中で大切にする
すりへらないように
あきらめないように
苦しくても

あなたと私が　同じ世界に生きて
いられる限り

かわいい私
あなたといるとかわいい私になるのに　もうお終い。

君が出て行って
僕の部屋の冷蔵庫からは
クリームサンドウエハースが消えた。
そして、鼻炎のカプセルと……。

こころの平穏を保ちたかった
グルグル気持ちが　かき回されて
チビ黒サンボの　ホットケーキになっちゃうのは
ゴメンだと思った

だから　いろんなことをした
サクサクと
やらなきゃいけない　日常的なことを
サクサクとやった

心にすき間風が　ふいてるの
かんじないように

そんな（その程度の）淋しさは　普通　ひとりでどうにかするもんだよ

私たちは　恋じゃないよね
でも　あなたがいてくれて
淋しくなくなった

「運命」

いろんな電話がかかって来て私のことなんか、忘れてしまう。
いろんな予定が詰まって行って、私のことなんか忘れてしまう。
いろんな、悩みが押し寄せて来て、私のことで悩んだことなんか、忘れてしまう。
あなたは、私を忘れてしまう。
私は、あなたに、忘れられる。それが、運命。

こんなことになるなら、もっとひどくふればよかった。
私を忘れないように。
こんなことなら、もっとひどいことを言えばよかった。ケンカとかした時。
私をずっと忘れないように。
こんなことなら、もっと甘い言葉を、トゥスイートな愛の言葉を囁けばよかった。

あなたが、私を忘れないように。

たとえば、1000円札が、私の顔だったらいいのに。
そしたら、お財布を出す度に、私を思い出す。
たとえば、スマップの中居くんくらい、私がテレビに出る人だったらいいのに。
そしたら、その度に私を思い出す。

でも、私は中居くんでも、夏目漱石でもないから、どんどん、忘れられるばかり。

いろんな電話がかかって来て、私のことなんか忘れてしまう。
携帯に出るときに、ふと私じゃないかな、と思う回数も、きっと確実に減って行く。
非通知設定に、もしかして、て思う回数も、きっと確実に減って行く。
私は、あなたに、忘れられる。それが、運命。

静かに傷ついていた

この夜を　涙が出そうなこの夜を
ひとりで乗り越えられれば
これからは　もう　きっと大丈夫
という　つらく　悲しい夜があって

今日が　その日だと思うので
ひとりで　がんばるんだった
だれにも　どこにも
あなたにも　電話せず

淋しいのかな。私。
あなたに会えなくなって
淋しいのかな……私……。

「時々　たまらなく　おまえに会いたくなるよ」
とあなたが言ったので
つきあってた頃の　不祥事　及び　私に冷たかったことを
みんな　許してあげると思った

思い出は深く残り　明日は明るい

大丈夫、今日のあなたはきれいだったよと、
だれかに言ってほしい。

心が傷ついてる分、

マスカラをいっぱいつけた。

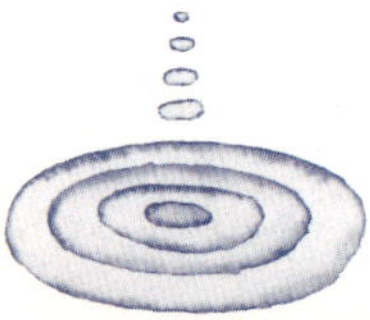

今度　会う時は
この前をみーんな忘れたふりをしよ。
ホントは、大事に取ってあるんだけど
忘れたふりをしよ。

あなたの着信履歴で
この恋を終わらせる

「恋」は「月刊カドカワ」で連載していた「一日の終わりに君と手をつなごう」の詩に、書き下ろしを加えて一冊にまとめたものです。

「恋《こい》」

北川《きたがわ》悦《え》吏《り》子《こ》

角川文庫　11735

平成十三年四月二十五日　初版発行

発行者――角川歴彦

発行所――株式会社角川書店
東京都千代田区富士見二―十三―三
電話　編集部（〇三）三二三八―八五五五
　　　営業部（〇三）三二三八―八五二一
〒一〇二―八一七七
振替〇〇一三〇―九―一九五二〇八

印刷所――暁印刷　製本所――コオトブックライン

装幀者――杉浦康平

落丁・乱丁本はご面倒でも小社営業部受注センター読者係にお送りください。送料は小社負担でお取り替えいたします。

定価はカバーに明記してあります。

JASRAC 出 0103944-101

き 22-11　　ISBN4-04-196610-8　C0192

角川文庫発刊に際して

角川源義

第二次世界大戦の敗北は、軍事力の敗北であった以上に、私たちの若い文化力の敗退であった。私たちの文化が戦争に対して如何に無力であり、単なるあだ花に過ぎなかったかを、私たちは身を以て体験し痛感した。西洋近代文化の摂取にとって、明治以後八十年の歳月は決して短かすぎたとは言えない。にもかかわらず、近代文化の伝統を確立し、自由な批判と柔軟な良識に富む文化層として自らを形成することに私たちは失敗して来た。そしてこれは、各層への文化の普及滲透を任務とする出版人の責任でもあった。

一九四五年以来、私たちは再び振出しに戻り、第一歩から踏み出すことを余儀なくされた。これは大きな不幸ではあるが、反面、これまでの混沌・未熟・歪曲の中にあった我が国の文化に秩序と確たる基礎を齎らすためには絶好の機会でもある。角川書店は、このような祖国の文化的危機にあたり、微力をも顧みず再建の礎石たるべき抱負と決意とをもって出発したが、ここに創立以来の念願を果すべく角川文庫を発刊する。これまで刊行されたあらゆる全集叢書文庫類の長所と短所とを検討し、古今東西の不朽の典籍を、良心的編集のもとに、廉価に、そして書架にふさわしい美本として、多くのひとびとに提供しようとする。しかし私たちは徒らに百科全書的な知識のジレッタントを作ることを目的とせず、あくまで祖国の文化に秩序と再建への道を示し、この文庫を角川書店の栄ある事業として、今後永久に継続発展せしめ、学芸と教養との殿堂として大成せんことを期したい。多くの読書子の愛情ある忠言と支持とによって、この希望と抱負とを完遂せしめられんことを願う。

一九四九年五月三日